기획의 말

그리운 마음일 때 'I Miss You'라고 하는 것은 '내게서 당신이 빠져 있기(miss) 때문에 나는 충분한 존재가 될 수 없다'는 뜻이라는 게 소설가 쓰시마 유코의 아름다운 해석이다. 현재의 세계에는 틀림없이 결여가 있어서 우리는 언제나 무언가를 그리워한다. 한때 우리를 벅차게 했으나 이제는 읽을 수 없게 된 옛날의 시집을 되살리는 작업 또한 그 그리움의 일이다. 어떤 시집이 빠져 있는 한, 우리의 시는 충분해질 수 없다.

더 나아가 옛 시집을 복간하는 일은 한국 시문학사의 역동성이 드러나는 장을 여는 일이 될 수도 있다. 하나의 새로운 예술작품이 창조될 때 일어나는 일은 과거에 있었던 모든 예술작품에도 동시에 일어난다는 것이 시인 엘리엇의 오래된 말이다. 과거가 이룩해놓은 질서는 현재의 성취에 영향받아 다시 배치된다는 것이다. 우리는 현재의 빛에 의지해 어떤 과거를 선택할 것인가. 그렇게 시사(詩史)는 되돌아보며 전진한다.

이 일들을 문학동네는 이미 한 적이 있다. 1996년 11월 황동규, 마종기, 강은교의 청년기 시집들을 복간하며 '포에지 2000' 시리즈가 시작됐다. "생이 덧없고 힘겨울 때 이따금 가슴으로 암송했던 시들, 이미 절판되어 오래된 명성으로만 만날 수 있었던 시들, 동시대를 대표하는 시인들의 젊은 날의 아름다운 연가(戀歌)가 여기 되살아납니다." 당시로서는 드물고 귀했던 그 일을 우리는 이제 다시 시작해보려 한다.

기획의 말

그리운 마음일 때 'I Miss You'라고 하는 것은 '내게서 당신이 빠져 있기(miss) 때문에 나는 충분한 존재가 될 수 없다'는 뜻이라는 게 소설가 쓰시마 유코의 아름다운 해석이다. 현재의 세계에는 틀림없이 결여가 있어서 우리는 언제나 무언가를 그리워한다. 한때 우리를 벅차게 했으나 이제는 읽을 수 없게 된 옛날의 시집을 되살리는 작업 또한 그 그리움의 일이다. 어떤 시집이 빠져 있는 한, 우리의 시는 충분해질 수 없다.

더 나아가 옛 시집을 복간하는 일은 한국 시문학사의 역동성이 드러나는 장을 여는 일이 될 수도 있다. 하나의 새로운 예술작품이 창조될 때 일어나는 일은 과거에 있었던 모든 예술작품에도 동시에 일어난다는 것이 시인 엘리엇의 오래된 말이다. 과거가 이룩해놓은 질서는 현재의 성취에 영향받아 다시 배치된다는 것이다. 우리는 현재의 빛에 의지해 어떤 과거를 선택할 것인가. 그렇게 시사(詩史)는 되돌아보며 전진한다.

이 일들을 문학동네는 이미 한 적이 있다. 1996년 11월 황동규, 마종기, 강은교의 첫 시집들을 복간하며 '포에지 2000' 시리즈가 시작됐다. "생이 덧없고 힘겨울 때 이따금 가슴으로 암송했던 시들, 이미 절판되어 오래된 명성으로만 만날 수 있었던 시들, 동시대를 대표하는 시인들의 젊은 날의 아름다운 연가(戀歌)가 여기 되살아납니다." 당시로서는 드물고 귀했던 그 일을 우리는 이제 다시 시작해보려 한다.

자작나무 내 인생

문학동네포에지 027

정끝별 시집

자작나무
내
인생

개정판 시인의 말

잇고 끊고
있고 없고

같고 다르고
보고 못 보고

마저 뱉지 못한
미처 삼키지 못한

떨군 눈빛과 닫힌 입술들

사반세기가 지나도

2021년 여름
정끝별

살과 피를 만들어준 두 노친께 바친다

차례

2부

3부

옹관 2

98

1부

졸참나무 숲에 살았네

비가 내리었네
온종일 오리처럼 앉아 숲 보네
그렇게 허름했던 사랑의 이파리
허물어진 졸참 가지에
넘어지며 나는 가고 있네
내 나이를 모르고 둥근 하늘 아래
잎이 피네 짐처럼 지네
잎이 지네 나도 흙먼지
숲에 가득하네 세월의 붉은 새
나는 많이도 속이며 살았네
낡아 묻히면 방문치 않으리 아무도
꽃이 피리라 기약지 않으리
숲 기슭에 오리처럼 앉아 있네
비가 많이 내리네

기억은 자작나무와 같아 1

무성히 푸르렀던 적도 있다
지친 산보 끝에 내 몸 숨겨
어지럽던 피로 식혀주던 제법 깊은 숲
그럴듯한 열매나 꽃도 선사하지 못해 늘
하얗게 서 미안해하던 내 자주 방문했던 그늘
한순간 이별 직전의 침묵처럼 무겁기도 하다
윙윙대던 전기톱에 나무가 베어질 때
쿵 하고 넘어지는 소리를 들어보면 안다
그리고 한나절 톱날이 닿을 때마다
숲 가득 피처럼 뿜어지는 생톱밥처럼
가볍기도 하고 인부들의 빗질이 몇 번 오간 뒤
오간 데 없는 흔적과 같기도 한 것이다
순식간에 베어 넘어지는 기억의 척추는

기억은 자작나무와 같아 2

유난히도 하얗던 자작나무를 보면서도 가을 겨우내 심신충(心身蟲)에 나무 몸안이 파먹히고 있었음을 못 보았다 온통 속 비어버린 몸이었기에 봄이 오고 여름이 왔어도 새잎 돋지 않았음을 못 보았다 무성했던 잎이 잡목들의 잎이었음을 못 보았다 그토록 오래 내게 위안을 주었던 자작나무의 불운을 못 본 것이다 간밤 비에 젖은 몇 개의 밑동 혹은 등걸을 보고 그제야 알아차렸다 내 앞에서 몸 숨겨버린 자작나무 몇 그루를, 이미 두엄의 색을 닮아가고 있는 생톱밥 더미를 보았을 때에야 알았다 베어진 가지 사이의 햇빛이 숲 전체를 밝아 보이게 한다는 것을, 그 빈터로 낯선 길 하나 새로이 놓이고

낯선 등걸에 잠시 앉아본다 아직 축축하다 햇빛을 따라 성글게 놓인 길에 들어선다 자작나무 숲은 또 이대로 자연스럽고 나도 익숙하게 걸어나온다 불운한 기억은 어디론가 떠나야 한다는 것처럼

철로에 갇힌 사나이

철로가 보인다 조롱받는 노쇠한 말처럼
고개를 떨군 한 사나이가 걷고 있다
드문드문 몇 그루 미루나무
풀더미 무성한 침목을 따라 한 사나이
이제 소용이 닿지 않는 철로를 간간이 두드리며
바스락바스락 흘러가고 있다
그 철로 또한 달리며 견주고 추월했던 적 있다
그러나 결국 끊긴 채 폐쇄되어,
검게 썩어가는 침목과 잡석을 밟을 때
적막히 흔들리는 풀더미 사이
배추꽃이 피면 메벼꽃이, 메벼꽃이 지면
갈꽃이 그리고 눈꽃이 피었다
어두운 구름 아래 겨울새 한 마리 난다
거적에 덮여 인화되지 않는 두엄처럼
철로는 바큇자국을 남기지 않는다
종일토록 협소한 철로를 따라 삐걱이는
고철 열차 한 사나이
흡반처럼 긴 철로를 따라

둥지새

발 없는 새를 본 적 있니?
날아다니다 지치면 바람에 쉰다지
낳자마자 날아서 딱 한 번 떨어지는데
바로 죽을 때라지
먹이를 찾아 뻘밭을 쑤셔대본 적 없는
주둥이 없는 새도 있다더군
죽기 직전 배고픔을 보았다지

하지만 몰라, 그게 아니었을지도
길을 잃을까 두려워 날기만 했을지도
뻘밭을 헤치기 너무 힘들어 굶기만 했을지도

낳자마자 뻘밭을 쑤셔대는 둥지새
날개가 있다는 걸 죽을 때에야 안다지
세상의, 발과 주둥이만 있는 새들
날개 썩는 곳이 아마 다정의 둥지일지도

못 본 것 많은데 나, 죽기 전 뭐가 보일까

십일월 1

기와를 넘는 개오동나무 그늘은 살얼음을 만들지
밤이면 바람은 웅웅 얇은 창호지 문을 흔들어
어린 영혼에 커다란 손자국을 내고 지나갔지만
유독 빈 축사에 가득했던 갓 구운
한낮의 햇살을 좋아했어 호박오가리처럼 앉아
검은 옷자락에 싸여 있던 백목의 수녀원 앞뜰과
잿빛 장삼을 끌고 가는 맨머리가 무서워
울곤 했어 저를 감추려고 푸른 이끼를 덮어쓴
얼음 같았던 사람들
낯선 것들은 그렇게 세상 밖에 있었던 거야
오일장이면 얼굴에 회칠을 한 미친 여자는
여자만 보면 욕을 했어 머리가 숭숭 빈
문둥이나 걸인도 많아 나는 턱숨 세워
달리곤 했지 한결같이 웅크린 채 좁아만 들던
그 길에서 엄마 손을 놓칠 때마다 덮쳤던
아모레 아모레미오 노란 꽃 낯선 것들의 오한
다투는 소리 쌀 먼지처럼 일던 네거리 정미소에
굳게 닫혀 있던 긴 욕설들, 누구였을까
유난히 그늘 깊은 영산강 남댕이 햇살에
함부로 나를 심더니 통째로 뽑아버린 일곱 살
가시처럼 박혀 속부터 언
작은 바람에도 금세 추워, 야 눈물나는
낯설어 멀기만 한 그 십일월

십일월 2

아침에서야 돌아온 아버지의 털린 눈에서
앵하니 추락하던 삼팔광땡 둥근 달
너무 부셔, 나가 놀아라 문고리를 잡고 본
옆집 아이의 세발자전거
위태로이 망보는 오빠 가슴보다 더 세차게
페달을 밟고 골목을 벗어나면
늘어선 생가시 탱자 울짱 너머
머리채를 낚아채며 엉켜 뒹굴던 쌈닭들
달리고만 싶었어 밤도망 간 사거리이발소의
베사메 베사메무초, 한 번도 본 적 없는 리라꽃
풀무질된 한낮의 해보다 뜨겁게
정미소 피댓줄보다 빠르게 돌던
내 가슴속 둥근 바퀴
역전까지 넘어가 있었으니 나는 미아
만국기처럼 만발한 머나먼 길의 꽃
기적 소리를 내며 새보다 높이 날던
바큇살들, 허기져 뚝뚝 녹아내렸건만
어둑해라 오빠 등허리를 붙잡고
돌아오는 낡은 다리는
그렇게 허술한 상처였거늘
집달리도 찾지 못했지
허허벌판에 곤두박혀
돌아올 줄 몰라라 세발의
나의 페루

십일월 3

바람아, 저기 기차가 오고 있구나
가는 비에 키 작은 산사꽃이 반짝
텅 빈 화물차 한 칸을 달고
젖은 철길을 가로질러 쉬 쉬 쉬
햇빛 속 김을 뿜고 달려오고 있구나
—그때 나는 철길로 들어선 것이었는데
지나는 역마다 올라탄 만큼의
생각과 추억과 꿈을 싣고 달리면
철로를 붙안고 있던 침목이 몸부림치고
새길은 달리는 바퀴 밑으로 놓였지
그 길에 간곡히 불러놓고 지금은
저 혼자 가고 있는 저 바람은 알고 있겠지
그 길이 퇴로이기도 하다는 걸
—그때 나는 철길 끝을 보고 싶었는데
부러진 살을 드러낸 채 한껏 펴진 우산처럼
잊힌 산사 가지에
한 꽃 핀 이리 환한 빈손
나를 비켜 달려가는 저 철길
바퀴는 다시 철로에 굴러 새길을 만들고
—나는 두 개의 밧줄을 끌고 왔을 뿐이었어

십일월 4

보람약국 골목 늙은 개가 졸고 있는 쌀집 지나
새로 올라가는 행복빌라 거푸집 뒤에서 불쑥,
엉켜 있던 후미진 사랑의 복병들
나도 한때 그런 담벼락을 찾곤 했으리라
모퉁이를 돌 때마다 와들거리는 두 다리
천천히 걸어야 하는데, 숨을 몰아쉰다
참았던 소름이 성글게 날린다

진눈깨비 날리며 십일월 기차는 달린다

아무도 읽어주지 않는 하찮은 문장도
한길 밖 세 든 집도 새 새끼 같은 아이도
대가를 치른 노획이건만 형제슈퍼에 들러
싱싱한 미래 한 단을 사려는 순간
삼십 년을 갇혀 있던 자책들이 와르르,
채 걷히지 못한 면목 없는 풋꿈은 살얼어

기차의 운명은 어디선가 정거한다는 것

날개를 접어야만 깃들일 수 있는
이 골목의 침묵은 얼마나 아름다운 야반 망명
눈 반 비 반이 쌓인 안부에 열쇠를 꽂는다
양철 같은 혀에 낀 한껏 묵은 소금
깊은숨을 몰아 할! 아이가 울고 있다

십일월 5

높이 들어선 다세대 틈에 주저앉아 있지만
초저녁 불마저 꺼져 있지만 그 십일월
다투고 깨지며 울고 웃는 힘센 기억과
울창했던 베란다 가진 적 있다
쉴 새 없이 억척스러운 하수구 가진 적 있다
허리 펼 새 없이 세월의 이삭을 줍는
밀레의 여인들 밑으로
깔따구처럼 들고나던 드센 희망들
풍파의 역사는 떠나왔기에 애틋한 것이다

검정 땡땡이 한복에 분홍 양산을 들고 분향기에 싸여 사뿐히 걸어와 어머니, 저기 텔레비전과 함께 일어나 마늘을 까거나 고추 꼭다리를 따다 간간이 화초에 물 주시고 늙은 개와 다투시네, 텔레비전과 함께 누우시네, 육순을 넘기신 지 오래, 창경원의 화사한 벚꽃과 코끼리를 위해 손목시계를 맡기셨던, 그래 그때 실업중이셨던 아버지, 날마다 동네 복덕방에 출근하시네, 밤늦게까지 푼돈내기 화투 치시네, 홍천에 묏자리 사놓으시고 자서전 쓰시겠다네, 매사 분망한 칠순의 괴팍한

눈 깜짝할 사이 꽃피워버린 푸른 열매와
그 열매에 박혀 쑥쑥 자라는 씨앗들로
하나둘 떠나와 이제는
누가 와도 짖지 않는 눈곱 낀 개만이

위태로이 오가는 연탄들을 바라볼 뿐,
거둘 손 없어 해 갈수록 오그라져
두 잎사귀만이 서로를 바랐고 선
엄니이, 아부지, 다 삭은 잎처럼 발효된 정적
바람 든 나이테마다 가을 깊어
옹이진 안녕

삼팽이

내 몸에는 삼팽이라는 세 마리 벌레가
반석 같은 집을 짓고 있는데요
경신일 밤만 되면 몰래 나와
내가 지은 죄 상제께 고한다는데요

뱀 무서워 개구리 외면한 죄
거미 무서워 파리 욕한 죄
훔치고 때리고 죽인 것만 죄겠어요
남의 밥에 숟가락 꽂은 죄
무시로 낫날 같은 혀 휘두른 죄
혀에 달고 귀에 순한 것만 가려 취한 죄
남의 짐에 슬그머니 내 짐 올려놓은 죄
그런 죄 한둘쯤 없었을까 나 알지만
무엇보다 달려오는 것들 향해 달려가지 못한 죄
한갓진 그늘 하나 갖지 못한 죄

내 몸에는 세 마리 벌레가 살아
경신일 밤만 되면 몰래 나와
미필적 고의 죄 없는 내 죄
죄다 세상에 거풍한다는데요

나 그 밤 되면
자지 못하고 눈감지 못하고
눈과 혀와 손끝을 씻고

밤새 똥줄까지 태우며

용서를 용서를

흘러가는 집 날아다니는 가족

누구냐, 이 집에서 내가 누구냐, 헐거워진 틀니를 뺐다 꼈다 치통을 앓는 아버지, 그만 좀 하세요, 아침마다 이게 뭐예요, 알타리무쪽을 씹다 숟가락을 던지고

내 배가 니들 집인디, 자식두 품안이제, 개불란을 닦는 어머니, 오늘도 나가실 거예요? 남들 보기에도, 빽빽한 대문을 향해 내던져진 세간의 상처를 밟고

마당에 던져진 틀니나 세상 찬란하기만 한 아버지나
끔찍한 개불알꽃이나 금간 어머니나
오랫동안 다스려진 해묵은 증오라고
세 번 등돌리고 결국 살내음으로 세 번은
한패가 될 내 쉴 곳
작은 꽃 피고 사나운 개 짖는 곳
서로를 찾아 수배의 사슬을 놓지 못하는
천만다행의 핏줄
그 끝없는 희망에 목을 걸고
오늘도 불화의 문을 두드린다
잡은 문고리가 썩어 있다 정든 고함 소리

네, 저예요, 새파란 나도 썩고 있다

알알한 알둥지

속눈썹에 다디단 졸음을 매달아놓고
달아나는 눈꺼풀, 아차
남에 둥지에 슬그머니 두고 온 알 생각
낳을 줄만 알았지 품을 줄은 모르는
뻐꾸기야, 온종일 너 뭐했니?

삐져나온 실오라기처럼 멋쩍은 가책
싸하니 꺼내 보는 사진 속
하얀 알
빈 손가락 하나만으로도
환히 웃고 있는
이 오진 것

비어 있는 품안이 아프다

저녁 바람에 펄렁 날렸습니다

겨울 정거장 얼어붙은 가로수처럼 저녁 버스를 기다리고 있었습니다 겨울바람은 온몸에 빙판 구멍을 뚫고 모퉁이로 몰려들었습니다 집 가는 버스는 오지 않고 점점 돌처럼 무거워지고 있자니 모퉁이에서 무언가 솟구쳤어요 하얀 자태가 펄렁, 멀어졌다 돌아와 다시 멀어지곤 했습니다 빛바랜 옷을 입고 떠다니는 내 넋처럼 날개를 접었다 폈다 머리 위로 사뿐히, 오층짜리 건물 위로 전신주 위로 검푸른 하늘 위로 그렇게 시야를 넘어가는 저녁 한때의 하얀 비닐봉지, 가볍게 눈먼, 나비 같아, 하얀 상복 나비 같아, 손 흔들어주고 싶었습니다 저렇게 날 수 있는 것들은 모두 떠나는데 정거장의 기다림에 지쳐 마침내 어느 겨울 저녁 넋이 펄렁, 빠지는 순간 집 가는 저녁 버스가 막 지나가고 있었습니다

나앉은 검은 비닐 자루

집 가는 긴 길가 온갖 먹다 남은 빈자리에서 풍찬노숙하는 저 일 없는 풍신들아 지리멸렬한 귀갓길에 줄지어 앉아 날파리를 불러모으며 창궐하는 순대 자루들아 나는 무섭다 불쑥 처진, 집 나와 궁기 겨운 별들 생선 가시에 찔려 절멸해가는, 아 늙은 암소의 지친 뱃속 열기가, 그것참 안쓰러운 것이다 자고새 날면, 결박당해 나앉은 검은 기억의 쓰레기 자루가, 그 향수에서 헤어나지 못하는 저 눈먼 거지 내 마음이

노량진 본동

정거장에 서 한사코
곤비한 굴껍데기 바라보고만 있는
나 여기 있네 그때 나는 첫 물가
강 건너 두고 온 집이 멀리
발아래 차네 교차로의 혼잡과 눈
바람까지 불러모으는 당신 안의 적막
방문해본 적 없이
노량진 본동에서 저물기만 하는
나는 여기에서 지금 뒷걸음으로
고개를 돌리네 나를 둘러싼 당신
정거장 양 섶에 가로등처럼 서서
나를 주고 나를 받네 노량진 본동
민물 비린내 나는 길 끝에서 바람이 이네
강도 도시를 뱉고
탓할 수 없네 우리 밖의 사랑

빈 숲

헐겁게 떠나는 구름
나 인질이었으면
이 춤 속 풍경의 숲에서

당신은 오고 또 가네
바위틈을 구르는 가을 잎들
당신은 아득한 그 잎 속
내 망령 속이라
숲 잃고 나설 길도 없어

숲에서 걷고 있는 것은 나 아니네
길을 잃은 나를 두고
떠나는 것은
급히 뒷걸음치는 숲의 뒷모습

숲이 풍경을 바꾸고
아직 저기 남은 꽃
내가 차라리 풍경이라면
이 인질의 숲에서

나 안개에 쉬려네

오리(五里)에 길이 있네
그 허공 끝 빈자리가 나의 길
뒤돌아보면 적막히 가라앉는
종이배와 같았으니
나 삐걱삐걱 젓고 있네
가다보면
분별없이 넘어지는 밤과 물
둥지와 새, 추한 입술이 뱉은 노래를 망각게 하는
길이 깔아놓은 저녁 안개
목을 길게 늘이네
일몰하는 별 그늘에
한 사람 자욱하네

도토리를 줍는, 저 사람

툭 툭 가을 깊이 못질을 하듯
버릴 거 다 버린 상수리 숲에 도토리가 쌓이면
체머리 흔들며 누가 이 숲에 와
저토록 헐벗은 가지와 잎새 흔들고 있는가

덩굴을 치워도 다시 가지에 치이며
도토리를 줍는, 앙당한 저 사람
종일 허리 접어 짧은 보폭으로
주름진 목을 늘어뜨린 채
주워도 주워도 채워지지 않는다고
바싹 마른 껍데기 속 떫기만한 시절이라고
몇 점 도토리묵으로 흐물대다
뱃속으로 밀리는 썰렁한 응어리

떨어지지 않는 것 없는 가을 숲에
주워도 주워도 빈 채로인, 저 사람
희고 먼 내 뱃속 얼굴
얼마나 더 욕되게 떨어져야
서늘한 흙내음에 닿을까

백련 약수터 길

아침이라기엔 이른 시각에
두 줄로 늘어선 집 사이를
길을 잃은 척
아니 능숙한 맹인처럼 산보한다
물통도 없이
빈손으로 갔다 빈손으로
갔던 길 되돌아오는
백련 약수터 길
후렴구 같은 발걸음 소리는
녹슨 도르래가 한 바퀴를 돈 듯
가고 온다 비가 오나 눈이 오나
같은 길 간다
길에 늘어선 자질구레한 기억들 사이에서
점점 가벼워지는 발걸음은
그의 노래가 차가워지고 있음을 알려준다
대추나무가 있는 집과, 놀던 친구들
가족이나 개, 고양이, 베고니아 사이를
길을 잃은 척
아니 침착한 망명객처럼

골목길

골목길 접어들 때면
쌉쌀히 감쳐오는 네 겨울나는 얘기
듣고 싶어 손안 가득히 밀려오는
내밀한 남녘 귤꽃 향기
깨물고 싶어 톡톡 여문 알맹이
골목길 접어들 때면, 눈 날리는 마음에
마치 넌
불 속 환한 돌과 같아
흩어졌다 결국은 마주치는 환한 달 속
그 깊은 속살과 속살이 만들어내는
따뜻한 골목길들, 접어들 때면
아하, 벅차게 뛰어들고 싶지
아무렇게나 뒹굴며 아이참, 혀끝에 굴리고 싶지
살얼음 깔리는 골목길에서
달집의 불처럼 화악 피어나는 좌판 조생귤
너를 보면

2부

우기 호박잎 속에서는

툭 떼구르르르르
담 밑 살진 호박
벗은 발로 뛰어드는 물의 집
물집 맺힌 천장에서
뚝 뚝 뚝
낮꿈까지 비 들려
귀 떨어진 대야 구들장에 받쳐놓고
종이배 띄워 타고
빗물 받자 빗물 비우자
아히야 고무 대야 눌러쓰고
물집 안을 비워
물의 집 밖을 채우며
물 몇 대야
아이가 된 어른 하나
호박잎 덮어쓰고
우 두두두두
물집에서 뛰어나오자
비 그쳐 잠깐 멀리 새 운다

어느새 메밀밭이 물결을 이루어

메밀밭에서 날 찾으세요

저기 바람은 순하고
저녁 새도 깃들이는 석양에
몇 평의 메밀밭이 있어
노을 반짝이는 강둑 따라
어쩌자고 싱그럽기까지 한데
한 평의 메밀밭을 가꾸는
붉어진 얼굴이야,

외로운 메밀밭에서 날 찾아주세요

세상은 그만큼 외로운 메밀밭뿐인데,
누군들 몇 평쯤 가꾸지 않겠어요?
메밀밭이 아름다운 건
바라보는 마음이라서
저 강둑 너머 몇 평의 메밀밭처럼
사는 일쯤도,

빛나는 메밀꽃밭에서 날 찾으세요

꽃향기 망울져 피어오르면
메밀밭을 뒤흔드는
새하얀 메밀꽃 대

우우 사랑의 함성
그 꽃 필 때

메밀밭에서 날 찾아주세요

앨리스, 데려다줘요

아하, 그러니까
푸른 바닷속
인어처럼 물고기처럼 물살 따라
하얀 물방울로 얘기하고
두 겨드랑이로 숨쉴 수 있다면
산호 숲 해초처럼
우리 함께 살랑일 수 있다면
좋겠네 그러면 그곳에는
공화국도 시민도 돈도
이데올로기도 언어도 말도
없고 그러니까 옷도
없으니까 풀잎같이
아니 아니 미역같이
붉고 푸르게 설레는 아무도 모를
소라 속 소라의
침묵으로 사랑할밖에
물빛 살내음으로
긴긴 입맞춤으로 탯줄을 만들며
향기로워라 깊고 푸른
눈빛으로
침묵으로
온몸으로
파래처럼 가볍게 세상에 떠
사랑할 수 있는 그곳은 그러니까

이상한 나라일까

장미전쟁

장미여 너는 빛나는 혀를 가졌어라,
사랑을 노래하는 당신
자! 이제 잠시 누워 쉬세요
내가 당신 이(蝨)를 잡겠어요
당신이 가렵다는 걸 알고 있어요

그리고
그녀는
그의 검은 이를 잡기 시작했다
톡. 톡.
그러자
그는 어느새 잠이 들었다
그래서
그녀도 잠이 들었다
두 손가락처럼 붙어서

그리고
그녀와
그가 깨어났을 때
그들의 꽃밭에는
무! 호박! 당나귀! 노새! 이! 이!
헛간처럼 널려

누가 치우죠?

장미 덤불 뒤
옛 노래를 묻고 있는 당신?
장미여 네 가시는 코뿔소에게나 주렴,
톡. 톡.
이렇게 나를 잡고 있는
바로 당신?

내 애인이 씹던 추잉 껌은

단물 빠진 껌
뱉기 전 애인의 빨간 입술과
고른 치열 사이에서
짝짝 두어 번 씹히다
퉤 던져진
쥬시후레쉬 스피아민트
오오 롯데 껌

애인은,
나는 눈부신 네가 그리워
은박에 싸인 속살
삼킬 수 있지만 안 삼키는
먹을 수도 있지만 못 먹는
그것은 내가 오르고 싶은 오르가슴
언제고 버릴 수 있는
후레쉬 향 스피아민트 향 같은

단물 빠진 껌
애인이 남긴 치흔의 휴식 속에서
까짓것, 까짓것,
껌을 씹는다
애인이 씹던 오오 롯데 껌들처럼
뒤틀린 과거
이미 뱉어진 사랑

다리는 달리고 있다

운동회 날부터 나는 달리고 있다
너를 지나
집과 담벼락을 지나
어두운 밤길을 지나
전신을 활처럼 젖히고
두 눈을 감고 가슴을 치며
가로막는 횡단보도를 건너
달릴수록 에워싸는 빌딩숲을 지나
내 나이를 넘어 달리고 있다
입술을 깨물며 재앙의,
넘어지는 것보다 처지는 일이 더 무서웠다
허파꽈리에 차오르는 검은 안개
과거는 넝마 미래를 훔치며
화살보다 빠르게
달린다 내 열망의 한가운데를
눈부시게 난파할 그 순간까지
발바닥이 점점 가슴이 머리가
텅, 텅, 텅, 콘크리트처럼 굳어가며

삶이 빠르면 죽음도 발정난 고양이
예기치 못한 골목에서 튕겨 달려드는

길섶 녹나무

1
내 집 창문 앞으로
길이 뻗어 있는데
그 길섶에 한 그루 녹나무가
밤마다 자라고 있는데

2
걸어온 길을
기억하지 못하는 모든
보행자는 녹슬어간다 불쌍한
우리는 매일 오가는 거리에서
보고 있지 않은가 집들이 무너져가는 것을
아름다운 청춘의 흉곽에서
허물어지는 거푸집으로
구멍 숭숭
자유로이
옮겨다니는 녹나무 뿌리를

처음 그것은
보행자의 영혼에 낀 피로
추억의 빵 부스러기에 내려앉은 먼지
그리고 마비와 망각
우리가 모두 가진 하늘에
묘지를 내고 비좁게 누운

우리 사랑의 전모

창문 앞 벌써
녹잎이 입술에 닿고
한 잎 한 잎이 지붕을 덮으면
오 아이들은 노파가 되고
그대 애인마저도
오그라져

녹을 만드는 커다란 나무가
꽃피는 것은 치명적인 일이다
우리는 거리의 집이
말없는 흙이 깎여나가는 것을 보지 않았는가
오가는 길마다
한밤처럼 꽃피는 녹나무
어릴 적 새도
사람도 돌아가고

3
내 곁 내 애인 내 집 언저리에
무더기로 핀 아, 녹 냄새

내 안 녹나무

창가에 앉아 있었다 무엇이 잘못되었나
영화관과 몇몇 술집들, 셔터를 내린 슈퍼마켓 옆
터무니없는 적충(赤蟲)들 사라져가네
여기보다 더 나은 곳이 있음을 알지 못해 나는
　　시계와 기차를 두려워한다
　　전쟁이나 공포영화를, 어릴 적 일이다
　　천장 위 벽 틈 시체가 누워 있지 않을까
　　흔한 환상이다 아버지는 그때 어디에?
　　군더더기 없는 사랑을 보면, 일순
심장이 정거하기도 한다 창가에 앉아 있어
　　철자법이 완벽한 타이피스트가 되고 싶다
　　때로 아이를 갖고 싶다 끔찍한, 바퀴와
　　페달이 없는 자전거란 아무 소용이 없다
　　폐쇄된 철로를 따라 불행한 사람이 걷고 있다
　　묵묵히 잊어버리고 싶은 일도 있는 것이다
　　무성히 자란 풀더미에 철로가 보이지 않듯
커튼이 내려지면 이 창가엔 무슨 꿈이 내려앉나
　　하늘을 쓸어버리는 자작나무 내 인생
　　그처럼 살고 싶다고 생각해본 적 있다
　　나무가 견디지 못할 만큼 높이 올라
　　가지 끝을 밟고 땅에 내리고도 싶다 그러나
　　입속 가득 화려한 구름을 물고 있는
　　나는 낡은 삼류 가수, 내게 물을 주네
　　비가 내리네 이 무슨 허구인가

녹나무 아래 1

밥을 먹는다 숟가락 쥔 손이
봄여름 더럽혀진 입술 사이를 오가다
청춘의 이빨이 길을 씹는다
얼마나 많은 욕과 녹이 꽃피어야 할까
한 길에 피고 나면 또 한 길에 피어
죄 없이 열린 당신 산 입에도
오고 또 가네 사지 적적한 가을
밥 냄새 피는 저녁 길에 마주앉은
당신, 나, 불현듯 길이 기우뚱
눈물도 주문(呪文)도 없이 밥숟갈에
녹꽃에
길이 잠기네

녹나무 아래 2

놀러온 사랑 소풍처럼 오더니만
쉬파리 똥 속
놀다 가세요
남은 새봄, 나를
홍안의 당신 거절치 않네

환청의 귀야 환시의 눈아
후드득 빗발 들어 닫히는
귀양 사는 환부야 나는
연기처럼 어두워

나도 사린(四隣)도
꽃 질걸
못질 없이 서서 가는 널인걸

녹나무 아래 3

눈 내린다 그대 취중처럼
눈꽃이 흔들린다 버석이며
훈훈히 떠도는 죄 없는 영혼들이
발 디딜 데도 없이 빽빽이
눈이 내린다 가진 것도 없이 길가는
하얗게 물든 행려병자에도
산맥처럼 선 전봇대에도
네거리 모퉁이에도
어찌할 바 모른다고
끊임없이 눈집을 짓고 허물며
또 한 해를 뒤따라
말 못할 사랑 있었느냐 무너지듯
허송세월이 내린다
하얀 녹꽃이 녹나무 가지에 한창
시시덕이 아픈 한몸이 내린다

나도 음악 소리를 낸다

녹슬어간다 두리번댈 때마다 들리는 불협화음, 어깨를 쭉 펴면 어깨뼈와 어깨뼈가 부딪쳐 더도더도, 두 눈을 동그랗게 뜬 관절과 관절이 버성기며 니솔파, 붕괴 직전의 거푸집에 망치질하는 세월의 소요

낡아가는 악기는 쉬지 않고 음악 소리를 낸다 나 딸 나 애인 나 아내 나 주부 나 며느리 나 학생 나 선생 응 나는 엄마 그리고 대대손손 아프디아픈 욕망의 음계, 전생을 손가락에 실어 도레토 라시토 미미미

모든 악기는 망가지려 만들어졌을까, 눈치채지 못하게 금이 가고 부서져 나파아파, 조율되지 않은 건반 몇 개로 지탱하고 선 나날을 두드리며 불후의 화음을 넘보는, 악어 이빨 넌 누구냐

집나방

불빛은 열망을 부풀려요 젖은 열망은 덫이라지요 물보라치며 가라앉는 별들, 차창 밖 미아…… 허술한 날개가 붙들린 채, 창이 덫인데요 불빛이 구렁인데요 거처 없이, 이 차창 저 차창을 부딪는 빗속의 난파, 길은요 서둘러 달려드는 곳에서 잃기 마련인데요 상어떼처럼 천천히 몰려드는 헤드라이트…… 바퀴 밑에 깔릴 때까지 젖은 날개는 유일한 희망인데요 파다닥, 차창에 꽂처럼 핀 날개, 빗물은 모든 것을 쓸어가고……

집 가는 길 종일 막혀 있었고 닫힌 창 안은 환했지요 버드나무처럼 늘어진 두 팔, 내 발자국을 지우며 뒤따라오는 커다란 바퀴, 찬란한 밤비 되어

가족

치매가 기침을 하면
몽매도 기침을 한다
어깨 밑에 달려 옹알대던
애매도
함께 누워
기침을 한다

종일

막무가내 흔들리는
언어네 집

임진강에서

돌아누운 아버지는 안 간다, 오늘도 투정이셨다 이럴 줄 알았다며 셋째네가 한 시간 늦고 한탄강이 똥물이라며 임진강으로 바꿨다 강제로 아버지를 태우고 계획대로 되지 않는 게 인생살이 정공법이라며 큰오빠가 시동을 걸자 우리를 데려다주는 건 둥근 네 바퀴! 거품이 일면 강은 죽은 것인디, 어머니의 말을 못 알아듣는 조카들이 구제불능의 거품 속으로 뛰어들고 우리는 강을 외면한 채 차양을 치고 생일 축하합, 아버지가 보이지 않았다 멀리 아버지가 강으로 들어간다 어린 조카가 아버지의 신발을 들고 강을 나온다 아버지가 죽은 강을 들고 나온다 화투를 빌려온 건 언니였다 판돈이 올라가고 비닐 차양 아래 돌들도 뜨거워 차 막힌다 가자, 집에 도착하자마자 드르륵, 아버지 문이 노엽게 닫히고 이제 가자, 우리 형제가 불효자라 생각하지 않는다 아버지가 구부러진 거지, 정 깊어 외로우신 거지

너무 일찍 떠나와 폐수가 되어버린 대춧빛 강물

도둑 일기

아버지도 그렇게 살고 싶지는 않았을 것이다
도둑질은 삶의 낡은 방식이고 습관이다 살자면
익혀지는, 나도 이렇게 살고 싶지는 않다

새벽이면 아버지 꽃도둑 가신다
나도 새벽마다 꽃도둑 간다

모란이나 국화 난초 흑싸리 홍싸리
아버지 화원 가득 거름이 될 사람들 속에서
그리고 나는 그 화원 뒤
어두워야 갈 수 있었던 뒷마당
습한 골풀 속에서 자랐다

꽃 같았던 아버지
한데 방에서 늙어가며
아직도 꽃을 찾아나서는
아버지, 나도 꽃도둑 가요

낡은 비서(秘書) 신간 기서(奇書)를 뒤지며
조초야 혜초, 사당이라 염목 빈초
울타리를 치는, 탐스러운 종이꽃
지지 않는 꽃 내 책 속
피워본 적 없는 갇힌 꽃

내, 아버지의, 꽃들
아버지 목숨꽃 지면
조화로나 쓸까
내 꽃 책

가여워라, 눈에 꽃이 피었구나

국국물은 떨고 있다

찌개가 끓을 때까지 숟가락은 비어 있다
끓는 나를 떠내기 위해 기다리는 빈 관처럼
붉은 입으로 들어갈 때까지 비어 있는 숟가락은
언제나 밥상을 향해 빨리 달려간다
한 숟갈이라도 먼저, 숟가락을 쥘 때마다
내 영혼은 밑이 보이지 않는 큰 입
한 숟갈이라도 더, 고개 들어보면
끓고 있는 찌개에 코를 들이민 가족의 뒷목줄기
그때 하늘은 온통 입술 끝에 있었다
곰삭은 군침이 빈 하늘에 고일 때마다
우르릉 밥상 밑은 소란스러웠고
밥공기 하나 분량의 별들이 사라졌다
대체로 입은 너무 크게 자주 벌어져
긴 혀의 한없는 바닥을 빛내곤 한다
저녁의 따스한 음식이 끓는다
어둠처럼 일제히 숟가락을 든다
채 뜨여지지 않은 국국물은 떨고 있다

키질하는 바람

엄마는 키질의 명수
엄마와 키와 바람은 한몸 되어
먹을 것 먹지 못할 것
쓸 것 쓰지 못할 것을 가려내곤 했는데

가락을 타며 정확히 떨어지던
삶의 쭉정이들

제 키보다 더 큰 키를 쓰고 다니며
신촌 네거리 불빛에도 휘청
모래내 중력에도 아찔
키질하는 바람에

버릴 것과 남겨둘 것
썩은 것과 새살 돋는 것이
한데서 일제히 붕

만단정회(萬端情懷)는 주저앉건만
바람 앞에 뼈 없는 몸은
자꾸 키 밖을 나서고

살아 있는 것들은 집을 짓는다

쌀통은 바구미 집
쓰레기통에 세운 무명의 곰팡이 집
옷장이나 낡은 행거에서는 좀과 쥐벼룩이 이웃하고
집 구석구석에 철통 요새를 숨기고 있는
바퀴벌레 개미 돈벌레 종횡무진하는 쥐새끼

이런! 열댓 평 비좁게 세 낸 내 집이
살아 숨쉬는 것들의 풍성한 거처였다니,
동가식서가숙 소심한 날파리와
형광등에 가건물을 짓는 저 물것들이
마지막 거처로 삼는 거미의 집조차도
그리 하찮은 내 세간 틈틈에

물컹한 날 물려는
거미 모기야 곰팡이야 좀아 쥐벼룩아
이 기다란 집들의 행렬을 희망이랄 수 있겠니?
내 집에 온 우주가 꼬물락꼬물락
숨꽃들이 발산하는 황홀한 향기

아가야, 너도
방 한 칸 들이지 않으련
따뜻한 내 집에

포전밭에 나가

포전밭에 무가 단맛을 길어올리면

오월 들머리 밭 하얀 꽃 청무꽃
달랑한 무 밑동에 살 오르네
무청 하늘 바다 이루네
바람이 지나가도 뽑히지 않고
바람으로 불고 장대비로 꽂혀
앉은 그 자리에
뿌리 물고 뒹구네
무가 흙을 품고 흙이 무를 품고

포전밭에 무가 말뚝에라도 묶였나?

실한 밑동 휘어잡고 무를 뽑을 때면
맵싸한 생무쪽 맛 사랑스럽지 않겠나
앙칼스레 버티다 한순간
흙을 물고 딸려 나오는 푸덕이는 살
풀물 밴 손 무릎 장딴지에
퍼렇게 불거진 힘줄, 너와 나
사랑의 절정일세

3부

칼레의 바다

1347년 영국 군대가 칼레를 점령했다 영국 왕 에드워드
3세는 칼레 시민의 목숨을 구하려면, 여섯 명의 시민이
시의 열쇠를 가지고 와 사형을 받을 것을 요구했다

1
나는 밤이면 달팽이,
달이 될까 별이 될까
쑤물쑤물 방 한구석에서 빨랫감이 썩어가고
내가 처음 바다를 만난 것은 오월이었고
아이들이 해당화와 함께 뒹굴던
칼레의 해변, 바다가 함성을 지르고 일어나
내 가슴속에서 자라고 있었다
칼레의 오월, 내 가슴 속에 자라던 바다
나는 그 오월 매일 밤바다를 만나러 갔다

2
우울한 전진,
목에 밧줄을 걸고 시의 열쇠를 든 맨발의 제1인이
두 손을 부르르 떨며 분노하는 제2인이
가야만 한다, 동지를 이끄는 빛나는 제3인이
아직도 결심할 수 없는 제4인이 너무 빠르게
아내와 딸 생각에 머리를 파묻고 제5인이
확고한 걸음걸이로 제6인이 걷는다,

3

가자, 바람 속을 가야만 한다, 가자,
목이 터져라 소리를 지르고 돌팔매
기름 먹인 솜에 불을 붙여 던지기도 하지만
어떤 외침도 돌도 기름병도
우리를 가두는 총과 방패 앞에
수북이 쌓일 뿐, 다시 새벽이면
새끼 몇 발을 꼬아 들고 떠나는 이웃들

4

시민이여, 무기를 들라,
그때 그리고 그때마다
화해와 용서로 평화를 말했을 때
실은 야합과 기회를 말한 것이었다
필사적으로 이상적으로
현실을 위해서라고, 그러나 여긴 여전히
무서운 밤 밤마다 똬리를 틀고
내 가슴을 묶는 밧줄이

5

해당화, 청어가 많이 나는 칼레,
오월 바다는 청어들의 세상
해마다 바다의 생살을 째고

두 손에 묻어나는 청어의 비린내
그게 참, 안개 젖은 풀밭을 깨우는
햇빛은 아니었을까
내 모래 가슴을 파고드는
해당화는 아니었을까, 몰라
칼레의 해당화는 피처럼 피고

6

솨솨솨 칼레의 바다가,
짭짜름한 소금기로 밀려왔다
밤이면 심한 어둠이 내리는, 여기의
청어는 아직 작고 비릿하지만
꽃이 될까 새가 될까
청어떼처럼 파지들이 밀려다니는 윗목
칼레 바다의 길목에 서서
나는 바다 밖에 있었다
수평선이 가슴까지 덮쳐오는 오월에

붉은 수수밭

진심으로, 만주에 가서 마적이 되어
수수밭에 잠기는 붉은 태양을
바라보고 싶다고, 생각한 적이 있다

벌판의 거센 소용돌이
황토 황토 먼지 속에서
일어서는 수숫대
피어나는 수수꽃
물결치는 환한 세상으로
키를 넘는 수수의 흙빛 징소리

추수가 끝난 청명한 저녁을 위해
술을 빚어라, 껍질 터져 진한 단물의 수수
긁어모아라, 꽉 찬 힘 살진 열매
두 주먹 한 항아리 가득 채워
아이아이야 좋은 술 좋은 노래
신명난 바람에도 한잔
서로 안고 뒹구는 야이야 좋은 세상

마지막 잔에는 태양을 담아
저 취한 하늘에 던져라
수수며 술이며 사제 폭탄이며
떡이며 노래며 때로 무기가 되는

오 거역하는 자들의 고향인 수수밭
말발굽 소리에 연이은 봉화

봄마늘

욕설같이 불쑥 주먹같이
흰 마늘쪽이 꿈틀,
매운 눈 비비며
폭음처럼 질주하는
숨가쁜 휘발성
시퍼렇게 물오른
상추 고추 사이 봄마늘 마늘고추장
마늘 향기 하얀 남도 마늘꽃
오 싱싱한 봄밤
꽃이 아니어도 풀이 아니어도
하르르 피워내는
저 아린맛 좀 봐
쉿! 쉿!
당차게 뿜어대는 저 독기 좀 봐
봄바다를 게릴라처럼
상추 고추 사이 봄마늘 마늘고추장
마늘 향기 하얀 남도 마늘씨

청동시대

저녁 숲이 구릿빛 사내의 손을 놓아주면
알밴 가재를 잡으러 갔던 옌네도 돌아오고
말린 고기를 씹던 아이들도 빗살무늬로 진다
천근 눈꺼풀을 가르고 맨발의 젊은 옌네가
사내의 구부러진 꿈을 어루만지자
풀꽃처럼 깨어나는 저 금빛 화덕
아름다운 풀무질로 화살촉이며 반월도를 만들어
아침이면 무리를 지어 바다와 숲을 묶는
수렵 후, 지상에 내려가
땅을 구르는 구호(龜乎), 구호(龜乎),
벼꽃이 필 때 하얀 벼꽃이 필 때까지

한낮을 따라 화살처럼 달려온 만형은
볍씨 자루와 젊은 옌네를 메고 달아났다
어둠으로 통하는 거친 발자국
수억의 피 묻은 화살들 청동 숲에 가득하고
돌아볼 때마다 소금 기둥이 되는
내 아비의 아들의 아들의 눅눅한 배꼽에
넘어지며 도망치는 화창한 가족
백서른두 바늘로 배를 꿰매고
화석 한가운데로 걸어들어간 어머니

한 시대가 저문 늦은 귀가
녹슨 대문에 걸린 청동 하늘

그림 속인 듯 1

온몸을 회색으로 수십 겹 칠한
알몸의 여자가
두 팔을 늘어뜨리고 있다
불꽃처럼 두 눈이
타는 여자
아랫배에는 집이 있다
크고 녹슨 자물쇠가 달린
문 뒤로 아이가 하나
태아처럼 웅크려 잠을 자고
가만 보면, 그 집이 타고 있다
내가 울고 서 있다

문을 열어다오
나에게
너의 문을 열어다오
지쳐
쉴 곳을 찾는
집 잃은 날
깃털처럼 재워다오
문을 열어
제발,
왜 열리지 않니
사랑하는 너는 왜?

그림 속인 듯 2

그 그림 속에는 내가 없었다
그와 그녀가 나란히 앉아 있는
내가 없는 그 그림은 얼마나 잔인한가
나는 그 그림에 가본 적이 있다
　　　　그와 그녀가 나란히 앉은
　　　　그 버스에 나는 등을 보이네
　　　　상심에 찬 버스가 나보다 먼저 떠난다면
　　　　그건 그의 등, 오랫동안 그를 괴롭힐 것이네
　　　　황망한 정류장에서 내가 먼저 등을 보이네
　　　　살얼음을 밟고 가파르게 떠나는
　　　　구부정한 거리
그 그림에 나는 없었다
나는 그 그림에서 빈 배경이었다
눈발에 휩싸인
내가 없는 그 그림은 얼마나 편안한가

그림 속인 듯 3

도시에 걸맞은 혼잡 속으로 젖어드는 혀, 네온 여전하고 눈에 띄지 않게 하나둘 셔터가 내려지는 거리를 걷고 있는 한 추억, 취했다, 묘한 균형이다, 도시를 지탱해주던 술병들이 비틀대다, 불빛 피해 간다. 구멍에서 젖은 것들이 쏟아진다, 담뱃불처럼 깜박깜박, 다시 거리, 튀어나온 낯익은 이름의 딸꾹질, 한 추억 보며 길 비킨다, 한 추억 상대할 적 없다, 한 추억 달리는 택시에 외친다, 택시 지나친다, 육교를 오르다 발아래 고인 물이 된 이름들, 한 추억 나무젓가락처럼 서서 본다, 내려오는 한 추억, 취했다, 피해 간다, 짜낸다, 외친다, 서 있다, 스스로를 다스려 침착해진 구멍들, 한 추억이 다다를 수 있는 이 도시의 끝맛, 오 저런! 낯익은 눈꼬리, 한밤중 술병 속에서 찰랑이는 한 거울,

그림 속인 듯 4

흰 방에 활처럼 모로 누운 그녀는

막돼먹은 바람은 종종 두엄 같은 방에 고인다 말풀처럼 푸푸 떠도는 나의 뿌리 도대체 무엇이 흔들리지 않고 곧게 서서 뿌리내리는가 소리 없이 안에서 밖에서 밤새 흔들리다 아침이면 가슴까지 하얗게 아려오기도 하는가 끝없는 무등 타기로 누르며 누르며 하, 쪽파처럼 매운 욕설로 몰려오는 수렁에 웅크려 앉아 겹겹의 어둠을 벗기면 벗길수록 작게 빛나는 눈물, 또 어딜 벗기자고 두런두런 눈을 들어 다시 티눈 박인 속살마저 벗기며

푸른 꽃 같은 아이를 갖고 싶은 게야 천일의 양파처럼

그림 속인 듯 5

그네
발판은 얼마나 작은지
내 가슴 그와 같아

고요
내팽개쳐지는
검은 대지에
딱 입을 벌리고
순식간에 뒤집혀
얼마나 향기롭고 황홀한가
허공에서 뛰어내리기란
내 몸의 모든 꽃잎이 열리는 저 빛의 복판
하늘 모서리에 있네
힘껏, 뒤집힐 듯 높이
달빛이 퍼지도록
그렇지, 가볍게 천천히
우연의 파도마루를 타듯
우리를 지나간
언젠가
부드럽게

이 끝에서 저 끝으로
발판처럼 매달려 흔들리는
내 영혼 같아

매화비

저린 발 구르다
움츠린 어깨 떨고 섰느냐
매운 이월 하늘 몇몇 잎
가랑비로 오려는가
먼저 달려가는 진흙 발자국
남녘 강 처처 봄 물결 불게 하네
남해 파래에서
함경도 산고비나물까지
누가 엷은 물소리로
어깨 떨며 건너오는가
파란 햇빛만 새로 솎는
아 생강즙 이월 비
물오른 뿌리에서
언 가지까지 내달려 옴지락 꼼지락
한 잎 꽃
숨을 몰아
봄이다, 봄!

추억의 다림질

장롱 맨 아래 서랍을 열면
한 치쯤의 안개, 가장 벽촌에 묻혀
눈을 감으면 내 마음 숲길에
나비떼처럼 쏟아져

내친김에 반듯하게 살고 싶어
풀기 없이 구겨져 손때 묻은 추억에
알코올 같은 몇 방울의 습기를 뿌려
고온의 열과 압력으로 다림질한다

태연히 감추었던 지난 시절 구름
내 날개를 적시는 빗물과 같아

안주머니까지 뒤집어 솔질을 하면
여기저기 실밥처럼 풀어지는
여름, 그대는 앞주름 건너에
겨울, 그대는 뒷주름 너머에

기억할수록 날 세워 빛나는 것들
기억할수록 몸서리쳐 접히는 것들
오랜 서랍을 뒤져
얼룩진 미련마저 다리자면

추억이여 어쩔 수 없지 않느냐고

다리면 다릴수록 익숙히 접히는
은폐된 사랑이여

새지 않는 영혼이 어디 있겠어요

겁 많은 여자의 영혼은 거대한 포도밭
나는
아무도 거닐지 않는
내 황량한 포도밭 언저리를 오가며
적당한 기다림을 베푸는 하고많은 당신과
노래가 되지 않는 오후와
비와 바람을 기다리고 있었다

다시 봄이 무르익고
포도나무 잎새 그늘
포도나무 뿌리, 더 땅속 깊이에서
홀홀단신 출렁이는
내 사랑은 보이지 않아
그렇게 걷잡을 수 없이 뻗어가
그 길로 단맛이 드는 하체
포도처럼 부서지며 기다림도
둥글게 향기가 되는 희망

포도 향기는 가벼워 유혹처럼 휘날린다
나는
어제도 여기에 오늘처럼 있었다
가시덤불 덮인 내 울타리 너머
당신은 무심한 잠을 자고
당신을 기다릴 때마다

고압의 푸른 덩굴로
출렁이는 여기 이 황량한 포도밭

왼손의 사랑

금지된 사랑 왼손으로 쓰네
나는 사랑의 왼손잡이

CLOSE UP (느리게 그러나 지나치지 않게)

권태로운 방 왼쪽으로 열린 창문 밑 반대로 놓인 수화기와 쓰다 만 엽서 왼쪽에 오른쪽으로 깎다 만 사과 물끄러미 왼손 끝에서 덧나는 희망이 보인다 물고기 뼈처럼 금지된 그녀

내가 희망하는 것은
그가 아니었네 그의 사랑도
단지 나를 향한 사랑
위태롭게 내게 빠져드네
나는 나의 노예
나는 금지되네

LONG SHOT (무미건조하면서 지루하게)

길 밖으로 상실한 그녀가 흘러가네 지하철을 타고 쇼핑을 하고 모퉁이를 돌아 술을 마시고 음악을 듣고 설거지를 하다 뜨거운 두 손에 이마를 묻네 털어내지 못한 사랑이 발목을 적시네 차가운 그녀

내가 멀리 있네
내 사랑 혼자서 지고 있네

잊히고 싶은 나처럼 나를 잊고 싶네
나는 나의 노예, 용서하라

해바라기 1

저 환한 얼굴 가득
아이들의 손뼉 소리
얼마나 바쁘게
자다, 깨다, 자다, 깨다,

뿔뿔이 흩어져 숨바꼭질
손톱깨물며손톱질끈깨물며
쭉 내민 영근 엉덩이들
저마다 한 자리씩!
바람은 이따금 술래
까무러치듯 내달아
푸른 하늘을 치받지
노랗게 익은
아이들 귓바퀴를 흔들고 가지
주근깨처럼 부서지는
아이들의 손뼉
까만 손뼉들

해바라기 2

구멍난 벌집이 될 때까지
두어 번 더 못질하고
너는 가리라

문을 박차고
잘못 건드린 벌집처럼
어, 어, 어, 터지는
수천의 말

그러나 손짓조차 할 수 없는

그 길에 사랑을 봄으로

길을 잃은 적 있네
내 오랜 기다림보다 먼저
다행스러운 버릇처럼 놓쳐버린
그 길, 청해 들이지 못했네
섬돌까지 들어섰다 발자국을 지우고
그 길을 향해 한 발짝을 내딛었다
그 길에서 되돌아 한 발짝을 물어뜯는
화창한 길 잃음
가파른 경사였네
뜨거운 꽃잎 일순 지고
길도 급히
가던 길 바꾸고

북항의 밤물

남해 해어름에 밀물
물머리를 곧추세워 몰려오면
내리는 사람 없는 막배
개펄 같은 눈빛들
봉두난발 그물질에 오늘도 허탕이라며
젊은 사내들은 세발낙지를 산 채로 깨물고
꼬리 말린 흰둥이 집으로 먼저 가고
가자아 할아부지이
씰룩이는 붉은 눈은 어느새 수평선을 넘어
아, 알앗써 이눔아
흰 바닷새들 어스름에 가물가물
어둠에 발이 빠진 밤물
지척의 파밭을 무너뜨리며
간간이 묻어오는 젖은 바닷새 울음
물새 알 같은 파꽃 뿌리
푸른 거품을 물고

날리는 것은 쉬려 한다

연탄을 간다 젖은 아궁이에는 눈꽃이 만발
환한 옆방 윗불을 빼내오다보면
언 빨래 밑에서 소리 없이 얼고 있는 개밥
까만 하늘에서 탁탁
젖은 별들 물 털어내는 소리
봄을 기다리다 녹는 눈처럼
하얗게 식어가는 밑불에
환한 세상 한 장을 올려보지만
아직도 밑은 스물둘 겨울 구멍
팔다 남은 무 잔챙이 자반 몇 손으로
날리고 있을 식솔들
담벼락에 위태롭게 쌓인 연탄재에
타다 만 또 한 장을 올리고
돌아서는 발 앞이 미끌
나도 휘날리는 눈발
담벼락을 지탱하고 선 겨울나무들이
손을 잡아주건만,
날리는 것들은 쉬려 한다

오랜 우물에 지푸라기

마른 지푸라기 몇 가닥
오래된 우물에 떠

잡으려다 우물에 발이 빠진 나
혼신을 다해 물낯에 그리는
낡은, 하늘과 바람과 흩뿌려진 별과 시?
흰구름을 훨훨 나는 새?
잡으려는 순간
턱밑까지 빠져
젖은 지푸라기라도 잡으려는 그 순간
악, 안 돼,
둥그렇게 울리는 메아리

홧홧한 환(幻),
지 지푸라기 더미일 뿐 화 환장할

지루한 누수

마음 원했던 길
예나 지금이나 몸 따르지 못해
깊은 구멍
뱅그르르 빠지는 나뭇잎
나 거기 사네

문밖 지친 몸
아홉 구멍마다
손자국 선명한 누수 소리
찌르 찌르 찌르르

누가 알았을까
술김에나 화해하고
마음 밖 몸 엿보며
거울처럼 서로 가여워할 줄

몸 밖 마음이 몰고 온
그치지 않는 장마

한 바가지쯤만 샜으면

독사 뭉치

입은 검고 축축한 내부를 가진다

세상 모든 개들은 개뼈다귀의 유혹을 뿌리칠 수 없다

벌들은 온몸으로 꽃가루를 주워 삼킨다

지하철 출입문은 사람들로 넘쳐난다

내 불주둥이는 쓰다 버린 말들을 주워 나른다

처음 그 자루는, 작은 입을 둥글게 말아올리고 있었다, 그때 조심했어야 했다, 먹이를 향해 무작정 벌어졌다 영영 닫히지 않는, 주름투성이의 생가죽 구멍을

비문을 만나다

거리에 들어선 문장은 더러워지기 마련
능숙한 떠돌이는 오문을 두려워하지 않는다
뜨거운 태양 아래 지팡이도 없이
온몸을 더듬이 삼아 눈먼 비문이 지나네
채팅의 은어들 롤러스케이트를 타고 달리네
주어와 술어가 몸 섞인 지하철 안의 잡문들
띄어쓰기도 무시한 채 우루루 쏟아지네
발길로 다져진 정거장을 떠나지 못하는 취언과
버스 손잡이를 잡고 비틀대는 췌언의
문장화되지 못한 중언부언이 하필이면,
길바닥에 누운 행려자의 추문에
따분한 저녁 안개처럼 말없음표를 덮네
오늘의 페이지에도 낯익은 악문들이 가득
어떤 품 넓은 교정관이 있어
너 어디 갔다 왔니 묻지 않고 따뜻이
내 발에 묻은 잘못 든 길의 문장들
지워줄까 되다 만 노래 기억해줄까

옹관 1

모든 길은 항아리를 추억한다
해묵은 항아리에 세상 한 짐 풀면
해가 뜨고 별 흐르고 비가 내리는 동안
흙이 되고 길이 되고
얼마간 뜨거운 꽃잎
또 하루처럼 열리고 잠겨
문득 매듭처럼 덫이 될 때
한몸 딱 들어맞게 숨겨줄
그 항아리가 내 어미였다면,
길은 다시 구부러져 내 몸으로 들어오리라
둥근 길
길의 입에 숨을 불어넣고
내가 길의 어미가 될 것이니,
내 안에 길이 있다
내가 가득찬 항아리다

옹관 2

미루나무 가지 휘휘 휘어지는 푸섶길로
검둥개가 슬슬 오리떼를 몰고 올라가면
주둥이 빨간 잔망스러운 오리 한둘이
금간 알을 굴리며 도망 내려오고
댓잎처럼 수북한 발자국들이야
길 끝에서 도랑물과 배가 맞건 말건
떼를 놓친 다리 짧은 오리 한둘이
꾸꾸 루꾸 단출하게 건들대는
무일푼의 봄날 하루다
흙 묻은 알을 깨고 나와
들어선 푸섶길에 오리 오줌 질척이는
가장 단순한 세상 밑그림이다

문학동네포에지 027

자작나무 내 인생

초판 인쇄 2021년 7월 23일
초판 발행 2021년 7월 31일

지은이—정끝별
책임편집—유성원
편집—김민정 김필균 김동휘 송원경
표지 디자인—이기준 백지은
본문 디자인—이주영
마케팅—정민호 김도윤
홍보—김희숙 함유지 김현지 이소정 이미희 박지원
제작—강신은 김동욱 임현식
제작처—영신사

펴낸곳—(주)문학동네
펴낸이—염현숙
출판등록—1993년 10월 22일 제406-2003-000045호
주소—10881 경기도 파주시 회동길 210
전자우편—editor@munhak.com
대표전화—031-955-8888 / 팩스—031-955-8855
문의전화—031-955-3576(마케팅), 031-955-8865(편집)
문학동네카페—cafe.naver.com/mhdn
트위터—@munhakdongne
북클럽문학동네—bookclubmunhak.com

ISBN 978-89-546-8007-3 03810

www.munhak.com

문학동네